¿Qué te gusta?

¿Qué

Michael Grejniec

te gusta?

traducido por Silvia Arana

Ediciones Norte-Sur

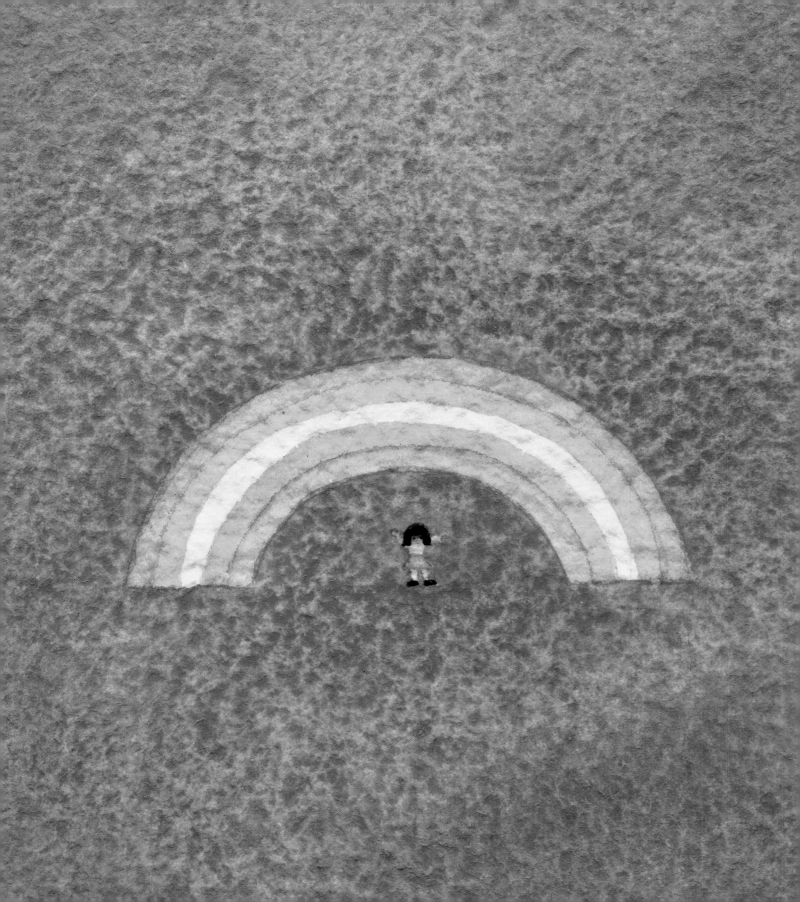

Me gusta el arco iris.

A mí también me gusta el arco iris.

Me gusta jugar.

A mí también me gusta jugar.

Me gusta mi gato.

A mí también me gusta mi gato.

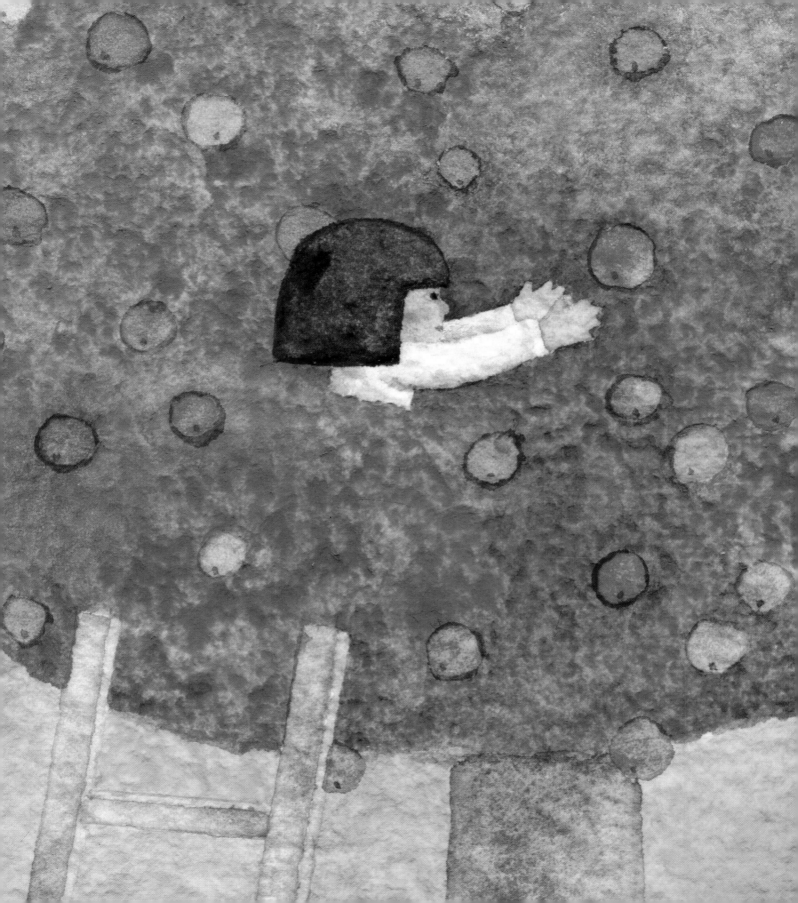

Me gusta la fruta.

A mí también me gusta la fruta.

Me gusta la música.

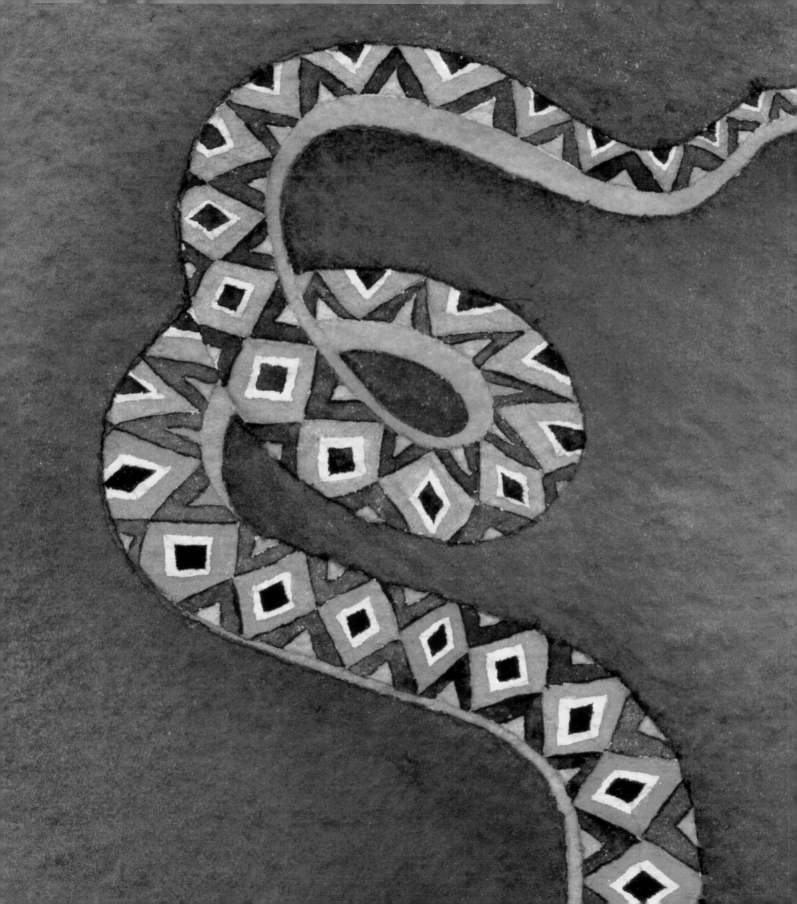

A mí también me gusta la música.

Me gusta volar.

A mí también me gusta volar.

Yo amo a mi mamá.

Yo también amo a mi mamá.

¿Qué te gusta?

¿A quién amas?

First Spanish edition published in the United States in 1995 by
Ediciones Norte-Sur, an imprint of Nord-Süd Verlag AG, Gossau Zürich, Switzerland.

Distributed in the United States by North-South Books Inc., New York.

Copyright © 1992 by Michael Grejniec
Spanish translation copyright © 1995 by North-South Books Inc.

ISBN 1-55858-392-0 (Spanish paperback)
ISBN 1-55858-391-2 (Spanish library binding)
5 7 9 PB 10 8 6 4
3 5 7 9 LB 10 8 6 4
Printed in Belgium